NA JA. VIELLEICHT NÄCHSTES JAHR

NA JA. VIELLEICHT NÄCHSTES JAHR

Minutennovellen

Herausgegeben vom
Literaturhaus Stuttgart

RECLAM

Der Untertitel »Minutennovellen« ist dem Band des ungarischen Schriftstellers István Örkény (1912–1979) entlehnt (übersetzt von Terézia Mora, erschienen 2002 im Suhrkamp Verlag).

2021 Philipp Reclam jun. Verlag GmbH,
Siemensstraße 32, 71254 Ditzingen
Umschlaggestaltung: Anja Grimm Gestaltung
Umschlagabbildungen: © Bea Davies
Druck und Bindung: Eberl & Koesel GmbH & Co. KG,
Am Buchweg 1, 87452 Altusried-Krugzell
Printed in Germany 2021
RECLAM ist eine eingetragene Marke der
Philipp Reclam jun. GmbH & Co. KG, Stuttgart
ISBN 978-3-15-020658-4
www.reclam.de

INHALT

- 7 VORWORT
- 9 MARTIN PIEKAR: Draußen vor dem Fenster
- 10 ABBAS KHIDER: Türen
- 11 KERSTIN PREIWUß: Screenshot
- 13 KATHRIN KLINGNER:
  Im Wald
  2021
- 20 LENE ALBRECHT: Die Andere
- 21 AMANDA LASKER-BERLIN: Von Bukarest
- 23 LINA ATFAH: Einsamkeit / العزلة
- 26 MARINA SCHWABE: Rausfahren
- 27 PRIYA BASIL: Ein »giftiges« Geschenk / In Present Times
- 34 LEIF RANDT: Chatten und spazieren gehen
- 36 BEA DAVIES:
  Indoor Jungle
  Exit
- 44 KATHARINA HAGENA: Luft
- 45 NIR BARAM: Ohne Titel
- 48 JULIA BERNHARD:
  Business as usual
  Moment des Exits
- 52 BOV BJERG: Nähen

53 JOSÉ F. A. OLIVER: Hertha.

55 KÜBRA GÜMÜŞAY: Das Lächeln

59 MAX BAITINGER: Off season

64 LUTZ SEILER: das war der knochenpark, sagt a.

65 LUKAS JÜLIGER: Unfollow

68 INGO SCHULZE: Return to Sender

69 ZSUZSANNA GAHSE: Wer wen
    oder: Das Leben ein Traum

71 ARNE RAUTENBERG: beatles[2]

72 CHRISTINA SCHMID: Strandlektüre

74 RIAD SATTOUF:
    Der Amabié erscheint in der Bretagne /
    Apparition d'Amabié en Bretagne

76 JOHANNA LIER: Du

77 MATHIAS JESCHKE: Was ich derzeit träume

79 MARINA FRENK: Das Kind

81 ALEXANDRU BULUCZ: Selbst mit Zwiebel

84 CLEMENS MEYER: Aus dem Buch der Phänomene

85 LEONA STAHLMANN: Hebelgesetz nach Malika

87 LUKAS BÄRFUSS: Hoffnung

89 STEFAN WEIDNER: Wiedersehen in Damaskus

90 DAGMARA KRAUS: avenidas – avencovidas …

93 ZU DEN AUTOR*INNEN

VORWORT

Miniaturen, Textkonzentrate und literarische Brühwürfel: Unsere *Minutennovellen* aus dem Lockdown versammeln Kürzesttexte, zu lesen in kaum mehr als einer Minute. Ihre Begleitung bieten uns die Texte aber weit über eine Minute hinaus an. Deutschsprachige wie internationale Autor*innen, deren Veranstaltungen im Literaturhaus Stuttgart im Frühjahr 2020 pandemiebedingt ausfallen mussten, haben – statt vor Publikum aus ihrem neuen Buch zu lesen – exklusive Prosaminiaturen verfasst, Comics gezeichnet und Gedichte geschrieben.

Dieser besonderen Situation, in der Distanz und Isolation unversehens zu einem Akt der Solidarität werden, in der Schutz zugleich Trennung bedeutet, in der Einnahmen ausbleiben und die Miete dennoch gezahlt werden muss, in der die Zukunft neu geschrieben wird, haben die Autor*innen ganz unterschiedlich Ausdruck verliehen. Der vorliegende Band versammelt die im Laufe eines Jahres entstandenen Miniaturen und lädt dazu ein, dieses Album literarischer Momentaufnahmen mit ein klein wenig mehr Zeit als einer Minute aufzuschlagen. Und das nicht erst im nächsten Jahr. Sondern jetzt.

Stefanie Stegmann,
Literaturhaus Stuttgart

MARTIN PIEKAR
Draußen vor dem Fenster

Ich stehe unterm Fenster und reiche meiner Mama Einkäufe. Ich nehme daraufhin Müll entgegen. Meine Mutter ist Angstpatientin gewesen, ich deshalb wohl immer ein wenig rücksichtslos. Ich habe jetzt Angst, zu meiner Mutter zu gehen. Sie ist auch COPD-Patientin. Ich sage ihr, sie soll alles aus den Tüten abwaschen und die Tüten dann in Gelbe Säcke und auf den Balkon tun. Die Äpfel sind mir beim Tragen auf die Straße gefallen – ich weiß, dass sie sie waschen wird, aber ich betone, sie soll alles waschen. Sie blickt mich aus dem Hochparterrefenster an und sagt: »Marcin, no an irgendwas ich muss sterben.« »Aber nicht an mir«, sage ich. Ich stehe auf der Straße, trinke Limo aus einer Dose und fühle mich peinlich, weil alle sehen können, wie ich meine Mutter nicht in den Arm nehmen kann. Ich stehe fünf Meter entfernt. Ich bin ihre eingetragene Pflegeperson. Ich sage ihr, dass sie sich alles für zwei Wochen einteilen soll. Ich habe keine Angst vor Viren, nur vor Menschen. Ich riskiere nichts mehr.

ABBAS KHIDER
Türen

Vor mir steht eine Tür
Hinter mir noch eine
Hinter diesen Türen einige
In den Türen selbst weitere
Links, rechts, oben, unten
Türen in Türen.
Und ich suche nach der Tür
Um mir zu entkommen.

KERSTIN PREIWUß

Screenshot

Die Störche sind zurück. Die Kraniche sind zurück, aber sie bringen keinen Frühling, nur Panik. Soll man das Kind Corona nennen oder besser Covid? Sich paaren bedeutet, man darf zu zweit draußen Zeit verbringen. »Bleiben Sie gesund« ist der neue Gruß. Er kommt schnell und fügt sich. Man soll sich selbst so verhalten, als wäre man inmitten. Geschlossene, ehemals glückliche Rudel ziehen Kreise um den eigenen Dunst. Die Wege dünnen sich aus und verwandeln sich in Rillen. Die Kinder zwitschern und machen alles mit. Am besten bläht du deine Backen und hamsterst jetzt, das ist wie Nüsse knacken, das gibt Emofett. Wir sperren unsere Seelen auf wie Rachen von Kuckuckskindern, gebt uns Wärme, Menschen, Licht, wir werden sonst rachitisch! Das dehnt sich zur Würgeschlange und lässt uns zittern um die erschöpfte Amsel, die gerade ihre Zukunft verliert. Die kostenlosen Angebote blühen wie Kirschen. Das Netz glüht und windet sich zur Schlange. Die Sirenen klingen nicht mehr auf der Straße. Die Bäume entfalten sich stoisch, die Knospen senden weiße Signale; Glasfaserknospen als einziger Lichtblick, und alle Hormone feuern, hier ein Bruchstück, da ein Trieb, als würden Glühwürmchen tagsüber leuchten, und die ganze Welt beugt sich Covid. Das Wasser wird klar, die Luft sauber, das Geld knapp, der Streit schlimm, die Erschöpfung groß, die Verzweiflung wächst, die Knospen senden SOS. Man kennt die Angst nicht mehr, man hat sie sich immer nur vorgestellt. Wir gewöhnen uns ans Verharren. Kinder gelten als Überbringer. Am Tag danach wirkt jeder Tag wie ungeschehen. Wir geben alles aus der Hand und ermahnen uns dazu. Für die Katastrophe, die noch kommt, verhalten wir uns erwartbar, und wir eilen ihr entgegen. Man sollte sich jetzt nicht trennen. April ist the cruelest month, das spürt jeder.

KATHRIN KLINGNER

Im Wald

2021

DASS UNSERE NACHBARN, MIT DENEN WIR NIE ETWAS ZU TUN HABEN, BEI UNS KLINGELN, UM EINE LUFTPUMPE AUSZULEIHEN. SOLCHE SACHEN HALT.

GESTERN KAMEN SIE DANN TATSÄCHLICH VORBEI, DIE NACHBARN VON OBEN. SIE WOLLTEN SICH MIT EINEM KUCHEN FÜR DEN LÄRM ENTSCHULDIGEN, DEN SIE AM WOCHENENDE GEMACHT HÄTTEN.

ICH HATTE KEINE AHNUNG, WELCHEN LÄRM SIE MEINTEN UND HÄTTE SIE EIGENTLICH GERN HEREIN GEBETEN. NA JA. VIELLEICHT NÄCHSTES JAHR.

LENE ALBRECHT
Die Andere

»Entschuldigung«, sagte die Fremde, und alle im U-Bahn-Waggon, der bis zum Rand vollgestopft war mit Menschen, ihren Tieren, Ideen und vagen Gefühlszuständen nach einem noch unvollendeten Tag, sahen sie jetzt an; sie fragte die andere Frau sehr freundlich: »Dürfte ich vielleicht ihren Platz haben?« Erfreut, wie es schien, warf die ihrem Freund einen Blick zu, als müsste er wissen, was nun folgte, aber er wusste es nicht. Entschlossen löste sie ihre Hand aus seiner unwissenden Klaue. Sie stand auf, um der Fremden Platz zu machen, die ihn ohne jedes Zögern einnahm und, sobald sie saß, die Hand des Mannes in ihrer hielt. Beim nächsten Halt sah sich die Frau noch einmal um, mitten in das versteinerte Gesicht ihres Ex, der nun beinahe in einer Umarmung ertrank, und nickte ihm aufmunternd zu. Dann stieg sie aus und verschwand als eine weitere Unbekannte in der Menge.

AMANDA LASKER-BERLIN
Von Bukarest

1

Mitten in Bukarest. Die Statue schwingt sich in den Himmel. Seit dreißig Jahren. Ein paar Blumen lungern davor und feiern die Revolution. Und mir ist nichts anderes als kalt, so im Dezember.

2

Dreißig Jahre vor mir versuchst du unsichtbar zu sein, in dieser Stadt. Denkst an Oskar. Wie er von der Decke hing, so blau, so aufgequollen. So sieht dein Gesicht auch bald aus, denkst du, nimmst ihn ab. Legst ihn auf den Boden, den schlaffen Körper. Pass auf, dass er dich nicht erdrückt! Ob er schon tot war, als der Geheimdienst ihn aufgehangen hat? Du suchst seinen Körper nach Spuren ab, aber der Geheimdienst hinterlässt nichts. Außer dass »Die nächste bin ich!« durch deinen Kopf blitzt. Ich will dir sagen, du wirst überleben. Aber das weiß ich ja noch nicht. Sage stattdessen: Leg Oskar dein Taschentuch aufs Gesicht. Dann hat er es wärmer.

3

Ich lehne mich an die Statue. Ein Passant fragt, warum ich das denn mache, was ich denn zu tun habe mit der Statue aus Stein. Und ich will es ihm sagen, finde aber keine Worte mehr auf Rumänisch.

LINA ATFAH

Einsamkeit

Sie ist fügsam, sage ich an der Tür
Dann bewege ich mich hektisch
zwischen den Zimmern
zwischen den Spiegeln
Ich öffne Schubladen
schließe sie wieder
erfinde dumme Gerichte
dann beklatsche ich mich
Ich schlage Bücher auf
lache wegen einer vergessenen Rose
sehe einen Film
verfolge Nachrichten
dann sehe ich alles wieder und wiederhole
Ich ordne das Gedächtnis neu
öffne alte Alben
schneide ein Gesicht eines alten Geliebten aus
klebe es wieder verkehrt an
dann beklatscht mich die Liebe
Ich singe laut
dann beklatscht mich die Angst
Ich habe alle Zeit der Welt
als würde sie mich verspotten

»Nimm dir eine Handvoll Wasser und halte sie fest«
sagt mir die Zeit und lacht vor einem Spiegel
Ich hab alles getan
am Fenster lang gewartet
lang an die Decke geschaut
Ich hab alles getan
was die Einsamkeit fügsam aussehen lässt
Am Ende
sitze ich auf der Couch und weine
als würde das Weinen der Einsamkeit ein
      süßes Gesicht geben
dann dreht sich die Zeit herum
und ich halte den Türgriff
War sie jemals fügsam?

Aus dem Arabischen von Osman Yousufi

العزلة

تقول عند الباب: إنّها طيّعة!
ثمّ تتحرك بشكلٍ محموم
تنتقل بين الغرف، بين المرايا
تفتحُ الأدراج وتغلقها
تبتكرُ أصنافا سخيفة من الطعام وتصفقُ لنفسك
تفتّح كتابا وتبتسم لوردةٍ جفّفتها ونسيتَها
تشاهدُ فيلماً، تتابعُ الأخبار
تشاهد كلّ شيء مرّتين، وتعيد
تعيد ترتيب ذكرياتك
تفتحُ صورك القديمة
تمزّق وجه حبيب قديم
ثمّ تلصقُ الوجه مقلوبا فيصفق لك الحب
تغنّي بصوتٍ عالٍ فيصفق لك الخوف
الوقت كلّه لك.. كأنّه يسخر منك
الوقت في المرآة يقول لك: أمسكْ حفنة ماءٍ واحتفظْ بها!
ثمّ يضحك...
لقد فعلتَ كلّ شيء
أطلتَ الوقوف إلى النافذة.. أطلتَ الشرود
فعلتَ كلّ شيء لتبدو العزلة طيّعة
لكنّك في النهاية جلستَ على الأريكة وبكيت..
كأنّما البكاء يمنحُ الوحدة وجهاً أليفاً
فيلتوي الوقت
وتمسك مقبض الباب..
ثُرى، هل العزلة طيّعة؟!

MARINA SCHWABE

Rausfahren

Hier, am Bahndamm, kein Internet und keine Nachrichten, kein Kind und seine Bedürfnisse, kaum eigene Bedürfnisse beziehungsweise sehr überschaubare. Beziehungsweise: wie sich die eigenen Bedürfnisse reduzieren und dass ich das beobachten kann. Was für eine lange innere Liste sich entfaltet hatte; man möchte seine Steuern erklären, um etwas geschafft zu haben, alle Nachrichten lesen, backen, immer wieder backen, sowieso viel Haushalt, irgendwas arbeiten, irgendwas bauen. Hier ist diese Liste zusammengeschrumpft auf: sitzen oder liegen, rausschauen. Wie sich mein Gehirn entspannt.

PRIYA BASIL

Ein »giftiges« Geschenk

Was?! Dieses »gift« hätte ich niemals erwartet. Das lustigste und ehrlich gesagt auch das bei weitem zynischste Geburtstagsgift meines Lebens. »Gift« bedeutet im Englischen etwas völlig anderes als im Deutschen: Mit einer rasanten Drehung bewegt sich das Wort von der einen zur anderen Sprache, von »Geschenk« zu »Gift(stoff)«, und enthüllt dabei beide Seiten des Gebens. Schließlich haben viele Geschenke einen Haken, nur wenige sind gänzlich frei von Bedingungen. »Ich war mir nicht sicher, ob es dazu kommen würde, auch wenn sein Verhalten es nahegelegt hat, deswegen habe ich vorhin gesagt, ich hätte kein Geschenk für dich. Ich wollte schon aufgeben, aber gerade eben kam die Bestätigung. Offenbar ein milder Verlauf, aber immerhin!« Die Erheiterung meiner Schwester saust durchs Telefon und überbrückt die Tausenden von Meilen, die zwischen uns liegen. Das, was sie – leitende Ärztin einer Praxis für eine Aborigines-Community im Westen Australiens – mir überreicht, hebt die Doppeldeutigkeit von »gift/Gift« in ungeahnter Deutlichkeit hervor. Es ist ihr zweiter Anruf heute. Während des ersten kurz zuvor entschuldigte sie sich, dass sie es leider nicht geschafft habe, für mich etwas Besonderes zu arrangieren. »Zu viel Corona-Vorbereitung«, hatte sie gesagt.

Die Aborigines, die meine Schwester medizinisch versorgt, sind besonders gefährdet, weil viele von ihnen Vorerkrankungen haben, Diabetes etwa oder chronische Herzbeschwerden. Diese Krankheiten sind ein Erbe des Kolonialismus: Nachdem weiße Siedler sie ihres Landes beraubt, sie entrechtet und gezwungen hatten, ihre Regeln zu befolgen, konnten die Aborigines nicht mehr ihren Traditionen gemäß leben. Der Schaden war immens, und obwohl sich die Politik der australischen Regierung in Bezug auf die Aborigines inzwischen wandelt, bleiben doch Risse. Viele Aborigines sind noch heute von der jahrhundertelangen Misshandlung beeinflusst und geben sich Lebensgewohnheiten hin, die einen schlechten Gesundheitszustand noch verschlimmern. Für sie ist es daher sehr viel wahrscheinlicher als für nicht-indigene Australier, an einer gewöhnlichen Grippe so schwer zu erkranken, dass sie klinisch behandelt werden müssen. Für solche Gemeinschaften könnte das Corona-Virus verheerend sein.

»Ich komme kaum zu etwas anderem«, hatte meine Schwester gesagt. »Selbst zuhause, nach Feierabend, sitze ich an Notfallplänen. Tut mir leid, Pri.« Ich hatte Verständnis, auch wenn ich einen Anflug von Enttäuschung verspürte. Doch eigentlich erwartete ich zu diesem Zeitpunkt von niemandem ein Geschenk. Mein Vater hatte sogar vergessen, mir zu gratulieren: Weil das aber ein beinahe alljährliches Versäumnis ist, macht es mir nichts mehr aus. Doch hatte auch – zum allerersten Mal – meine Mutter nicht angerufen. Sie war seit drei Wochen völlig isoliert, daher hatte ich mir vorgestellt, dass ihr schlicht und einfach das Gefühl für die Zeit abhandengekommen war, von Daten ganz zu schweigen. Und auch für einige enge Freunde, die sonst immer daran gedacht hatten, dieses Mal aber nicht, schien sich die Zeit ähnlich verzerrt zu haben. Egal, meine Schwester plant, mich für all das zu entschädigen. »Erst ließ Schäfer BoJo die Herde wie üblich auf potentiell giftigen Wiesen grasen, solange sie nur etwas Abstand voneinander hielten. Dann aber kam er selbst ihnen ein wenig zu nahe und jetzt ...« – »... hat er es!«, rufe ich dazwischen. »Happy Birthday to you!«, singt meine Schwester. Wir brechen beide in hysterisches Gelächter aus. Und werden dann genauso schnell wieder ernst. Schämen uns. Bis uns der Regierungsbeamte einfällt, der, anstatt Vorkehrungen zu treffen, angekündigt hatte, man werde im Hyde Park Zelte für die Toten aufstellen, für den Fall, dass die Leichenhallen nicht ausreichen.

Als BoJo im Krankenhaus landete, erschien mir nicht nur dieser Heiterkeitsanfall umso gefühlloser, sondern auch diese bereits geschriebene und eingereichte Geschichte. Lass uns noch warten, sagte ich zur Verlegerin, obwohl ich mich fragte: Warten worauf? Verändert die Zeit die Fakten? Ändert sich alles, weil ein Leben in Gefahr ist? Mildert ein vorzeitiger Tod die Fehler eines jeden ab? Darf man wieder lachen, wenn der Politiker überlebt, bedeutet es, dass er dann nie wieder lügen wird?

Literatur in schwierigen Zeiten – muss sie sanfter oder härter sein? Beides? Weder noch? Vielleicht kann sie nur das tun, was sie schon immer getan hat: sich noch mehr um Wahrhaftigkeit bemühen, denn die Wahrheit zu kennen, ist immer ein Geschenk mit einem Haken.

Aus dem Englischen von Beatrice Faßbender

In Present Times

What?! It's a "gift" I never expected. The funniest and, frankly, also, by far, the most cynical birthday venom of my life. "Gift" has totally different meanings in English and German: the word takes a rapid twist as it moves between the languages, going from "present" to "poison", exposing both sides of giving. After all, most gifts have barbs, few come unconditionally. "I wasn't sure it would happen, even if his actions made it likely, that's why I said before that I have nothing for you. I was about to give up, but I just got the confirmation. A mild version, apparently, but still!" My sister's delight barrels down the phone, bridging the thousands of miles that separate us. With what she – a doctor heading a medical practice for an Aboriginal community in Western Australia – gives me, the ambiguity of "gift" is emphasized as never before. It is her second call today. During the first, a short while earlier, she apologized that she had, unfortunately, not managed to arrange anything special for me. "Too much Corona-prep," she'd said.

The Aboriginal people for whom my sister helps provide medical care are especially vulnerable because many have underlying health-issues, including diabetes and chronic heart conditions. These illnesses are a legacy of colonialism: dispossessed of their land, separated from their families and forced to abide by the rules of white settlers, Aboriginal people were unable to maintain their traditional ways. The damage was immense and, even as Australian government policy towards Aboriginals has started to change, ruptures remain. Many Aboriginal people are still affected by the long history of mistreatment and make poor life choices that exacerbate bad health. Therefore, they are generally much more likely than non-indigenous Australians to get very sick from any flu and to need hospital treatment. The Coronavirus could be devastating for such communities.

"I haven't had time for much else," my sister had said. "Even when I get home from the clinic I'm working on emergency plans. Sorry, Pri." I understood, even if I did feel a pang of disappointment. Though, actually, by that stage in the day, I didn't expect a gift from anybody. My father had forgotten even to wish me: since this is an almost annual aberration it no longer troubles. But – for the first time ever – my mother hadn't called either. She had been in total isolation for three weeks, so I imagined she had simply lost track of days, let alone dates. I assumed time had similarly warped for some dear friends who always remembered but hadn't this time. No matter, my sister intends to make up for it all. "First, shepherd BoJo let the herd keep grazing as usual in potentially poisonous meadows as long as they kept some distance from each other. But, he himself got a bit too close and now" – "He's got it!" I butt in. "Happy Birthday to you!" My sister sings. We both dissolve into hysterics. And then, just as quickly, sober up. Ashamed. Until we remember that instead of taking precautions, one government official had announced that they would put up tents for the dead in Hyde Park in case the morgues couldn't handle the bodies.

When BoJo ended up in hospital that fit of hilarity seemed all the more callous, as indeed did this story, already written and submitted. Let's wait, I said to the publisher, even as I wondered: for what? Does time alter the facts? Does everything change because a life is under threat? Does untimely death mitigate anyone's mistakes? Does survival make it okay to laugh again, will it mean the politician won't lie again?

In tough times, must literature be kinder or harsher? Both? Neither? Maybe it can only do what it's always done: try harder to be truer, knowing truth is always a barbed gift.

LEIF RANDT
Chatten und spazieren gehen

In Hessen scheint jetzt jeden Tag die Sonne. Meine Mutter macht sich Sorgen um den Garten, sie sagt, es müsse dringend regnen, außerdem sei dieses blendend schöne Wetter der blanke Hohn, es behaupte eine Idylle, die momentan einfach nicht passe. »Das ist die Kalifornisierung«, sage ich. Wenn ich gut gelaunt nach draußen gehe, kommen mir auch die anderen gut gelaunt vor. In den Supermärkten habe ich das Gefühl, dass viele Bürgerinnen und Bürger aufblühen. Als wüssten sie zum allerersten Mal, was zu tun ist. Eine Freundin schickt eine Sprachnachricht, in der sie sagt: »Mir geht es erstaunlicherweise richtig, richtig gut.« Sie habe das Gefühl, nach zehn Jahren ihre Depression final zu überwinden. Einem Freund schreibe ich: »Gerade neuer Turn: alle ganz mysteriös gut gelaunt.« Er antwortet: »Wahrscheinlich sind Hormone mittlerweile im Leitungswasser.« Aber das ist alter Zynismus, er meint das nicht so, in Wahrheit ist auch er vergleichsweise happy.

BEA DAVIES
Indoor Jungle

Exit

KATHARINA HAGENA
Luft

Als sie mit den Schuhen in der Hand und im Kleid von letzter Nacht aus seinem Schlafzimmer schleicht, hört sie ihn husten. Sie bleibt im Türrahmen stehen und dreht sich um. Er hustet noch einmal. In unruhigem Schlaf gefangen, wirft er sich im Bett hin und her. Sie wendet sich ab, zieht die Schuhe an, findet die Tür, und bald hallt das Klappern ihrer Absätze auf den Stufen. Das anschwellende Echo breitet sich durch das ganze Treppenhaus bis in den Keller aus, rollt in die Korridore, quillt durch die Ritzen unter den Türen.

Draußen ist der Tag, kalt und klar.

Sie atmet ein und hält inne, um zu prüfen, ob sich ihre Lunge gegen die eindringende Morgenluft sperrt – und ja, vielleicht ist dort bald, tief unten in den letzten Alveolen ihrer Bronchienspitzen, ein Widerstand zu spüren, ein zartes Knistern, das zu einem Rasseln anwachsen wird – sie hat es. Sie ist sich sicher. Diesmal hat es geklappt. Sie wird es bekommen. Und dann frei sein.

Sie atmet nicht aus.

NIR BARAM
Ohne Titel

Als Erstes sind wir rausgefahren, um das Meer zu sehen. Man konnte nicht nah herankommen, sondern es nur aus der Ferne betrachten. Der kleine Daniel, fünf Jahre alt, und ich liefen umher und stellten uns vor, dass die Wellen uns verfolgen. Der Himmel glänzte in Blau-Lila, kurzzeitig schien es, dass alles wieder den üblichen Lauf nimmt. Nachher sahen wir mehrere Polizeiwagen, und ich erinnerte mich. »Hier ist Fire Man«, rief Daniel. »Er schießt auf uns von seinem Boot«, rief ich.

Fire Man ist einer der imaginierten Bösewichte, die wir bekämpfen. Wir haben so viele Phantasiespiele in den letzten Monaten gespielt, dass ich manchmal nicht mehr wusste, wo wir eigentlich sind: In dieser Welt, in der Zukunft, in Australien. Einst waren die Phantasiespiele hauptsächlich für das Kind, doch zurzeit habe auch ich das verzweifelte Bedürfnis, mit ihnen zu einem anderen Ort abzuheben.

Er schaut aus dem Fenster, während wir Auto fahren. Ich sehe ihn an, entziffere seine Blicke, die Bewegungen seines Gesichts. Was geht ihm durch den Kopf, wenn wir nicht spielen? Ich weiß, dass ein Mensch nicht sehen kann, was im Bewusstsein eines anderen Menschen vorgeht, egal wie sehr er ihn liebt. Dennoch kann ich nicht aufhören. »Du siehst nicht seine Ängste, sondern deine«, sagte mir jemand, »er ist bei seinem Vater und seiner Mutter, und vielleicht ist er ziemlich glücklich.« Wenn ich es glaube, beruhige ich mich. Dennoch träume ich nachts von ihm, und dort, durch unsere Phantasiespiele, sieht er Dinge, von denen ich befürchte, dass er sie sehen wird, und ich ängstige mich, dass er zu viel über die Corona-Tage weiß.

Aus dem Hebräischen von Anat Feinberg

לראשונה נסענו לראות את הים. אי אפשר היה להתקרב רק להסתכל מרחוק. אז דניאל הקטן בן ה-5 ואני רצנו ודמיינו שהגלים רודפים אחרינו. השמים הבריקו בכחול-סגול ולרגע נדמה היה שהדברים חזרו למסלולם. אחר-כך ראינו ניידות משטרה, ונזכרתי. "הנה fire man", קרא דניאל. "הוא יורה עלינו מהספינה שלו." קראתי.

Fire Man הוא אחד הרעים הדמיוניים שאנחנו נלחמים בהם. שיחקנו כלכך הרבה משחקי דמיון בחודשים האחרונים עד שלפעמים כבר לא זכרתי איפה אנחנו: בעולם הזה, בעתיד, באוסטרליה. פעם משחקי הדמיון היו בעיקר בשביל הילד, אבל עכשיו גם אני חש צורך נואש להמריא אתם למקום אחר.

הוא מסתכל מבעד לחלון כשאנחנו נוסעים במכונית. אני מסתכל עליו, מפענח מבטים, תנועות בפניו, איזה דברים עוברים בראשו כשאנחנו לא משחקים? אני יודע שאדם אחד לא יכול לראות את מה שמתרחש בתודעה של אדם אחר ולא משנה כמה הוא אוהב אותו. ועדיין אני לא יכול להפסיק. "אתה לא רואה את הפחדים שלו אלא את שלך," אמר לי מישהו, "הוא עם אבא ואמא שלו ואולי הוא די מאושר". כשאני מאמין בזה אני נרגע, ועדיין בלילות אני חולם עליו, ושם מבעד למשחקי הדמיון שלנו הוא רואה דברים שאני מפחד שיראה, יודע יותר מדי על ימי הקורונה.

JULIA BERNHARD

Business as usual

Moment des Exits

BOV BJERG
Nähen

Es gibt kein Toilettenpapier mehr zu kaufen, nirgendwo, überall sind die Regale leer, selbst auf dem Weltmarkt ist es nicht mehr zu bekommen, heißt es,
ich muss welches nähen, mit der alten schwarzen Nähmaschine, auf der in Goldbuchstaben SINGER steht, der Nähmaschine mit dem großen Pedal, einem Gusseisengitter knapp über dem Boden,
die Füße wippen schnell, schneller, Hacke runter, Zehen runter, Hacke runter, Zehen runter, die Nadel schießt, hui!, auf und ab, ein dünner glänzender Strich,
ich nähe Toilettenpapier, Meter, Kilometer, es rollt sich auf, die Rollen sammeln sich zu Achterpacks, sie stapeln sich,
ich nähe für mich, Familie, Haus, Stadt, ich nähe für die Krankenhausbeschäftigten, endlich!, Toilettenpapier für die ganze Welt.
Plötzlich sitzt neben mir Christian Lindner. Er will mir die Nähmaschine abkaufen. Ich weise ihn darauf hin, dass er gar keine Beine hat.
Aufgewacht.
Man darf die Produktionsmittel nicht aus der Hand geben.

JOSÉ F. A. OLIVER
Hertha.

Hertha war Trinkerin und ihr Name war ihr nicht besonders zärtlich. Ersteres sei nicht ungewöhnlich, meinte sie, und Zärtlichkeit nicht heilbar. Hertha liebte ihre Rituale. Zwei an der Zahl. Den Morgen. Den Abend. Danach war Trinken. Im Esszimmer hatte sie beizeiten eine Standuhr zur Ruhe gebracht. Fünf Uhr nachmittags. Die Stellung der Zeiger gefiel ihr. Kurz bevor es abends dämmerte, streichelte sie einen Läufer auf den Tisch, den sie morgens wieder zusammenlegte. Er war mit Vergissmeinnicht bestickt. Sie liebte die Farbe Blau und dachte dabei an seine Zärtlichkeit. Auch die Farbe Blau heilte nicht. Deshalb nannte sie das Vergissmeinnicht Trostjasmin. Morgens rollte sie den Blumenteppich wieder ein und überprüfte die Standhaftigkeit der Uhr. Auch die Stille der Uhr war seine Zärtlichkeit. Jemand hatte ihr gesagt: »Um fünf Uhr nachmittags. Der Tod kommt um fünf Uhr nachmittags.« Sie wartete jeden Tag. Mit dem Aufleuchten der Dunkelheit trank sie eine Flasche Wein, manchmal zwei. Der Tod, sagte sie, sei nicht so laut, wenn die Uhr vorher schon stünde und das Vergissmeinnicht Trostjasmin hieße. So sprach sie alsbald zum leeren Stuhl, zum Tisch, zu den Wänden und gab ihnen Namen. Sie rief den Stuhl Hannes, den Tisch, die Wände. Hannes war längst verstorben. Sie widmete ihm jeden Abend die erste Flasche Wein und nannte die zweite irgendwann auch Hannes. Eins mit den Wänden, dem Tisch, dem leeren Stuhl. »Hannes, ich trinke dich«, sagte sie und war glücklich. In der Nacht, in der sie starb, erzählt man sich, habe sie zärtlich ein Glas Wein über den Trostjasmin gegossen und die Uhr noch einmal aufgezogen.

KÜBRA GÜMÜŞAY

Das Lächeln

»Und, wie ist es draußen?«, fragte sie ihren Mann, der vom Einkauf nach Hause kam. Man hatte sich zu Hause darauf geeinigt, dass er die Einkäufe erledigt. Er zuckte die Schultern, wirkte nachdenklich, gedankenversunken. So war es immer mit ihm, sie musste präzise Fragen stellen, um überhaupt Antworten zu bekommen. »Also sind die Regale leer?«, fragte sie deshalb, bemüht um Geduld. »Nur die Nudelregale und der Frischgemüsestand waren leer. Sonst gab es von allem eigentlich genug.« In einer WhatsApp-Gruppe hatten ihre Freundinnen Bilder von leergefegten Regalen geteilt. Sie konnte sich nicht vorstellen, dass ausgerechnet bei ihnen im Supermarkt so wenig anders war. So viel Normalität, so wenig Panik, das machte sie misstrauisch. »Und wie verhalten sich die Menschen? Sind überhaupt viele unterwegs?« »Hm. Es waren schon einige unterwegs – aber natürlich viel weniger als sonst«, antwortete er und ging dabei ins Bad, um sich die Hände zu waschen. Sie trug, entnervt von seiner Wortkargheit, kaum merklich für ihn, aber doch deutlich stampfend und mürrisch, die Einkaufstaschen in die Küche und wusch jede einzelne Dose, die er gekauft hatte. Ihre Hände umhüllt in Latex-Handschuhen. War ihre

Neugier überzogen? Ihre Freundinnen mal wieder überdreht? Oder ihr Mann einfach nicht in der Lage, die Welt um sich herum aufzunehmen, wahrzunehmen? Sie hatte heute beobachtet, wie ein Mann auf der Straße sein Kind angeschrien hatte, als es auf ein anderes Kind zuging. »Abstand halten!«, hatte er gerufen und am Arm des Kindes gezerrt. So laut, dass selbst sie sich, im 3. Stock am Fenster stehend, erschrocken hatte.

Nun stand er an der Küchentür und starrte nachdenklich in die Luft. »Ach keine Ahnung, es ist merkwürdig, Schatz. Es herrscht eine merkwürdige Stimmung.« Endlich läuft sein Motor, dachte sie. Und die Eindrücke verließen als Worte seinen Kopf. »Heute hat ein Mann eine Plastikfolie um den Griff des Einkaufswagens gewickelt, um ihn nicht zu berühren. Und an der Kasse hält man nun Abstand. Die Kassiererin, sie tut mir leid. Wenn jemand etwas abkriegt, dann sie. Und beim Bäcker stehen die Menschen draußen Schlange, nicht drinnen«, sagte er und zeigte mit ausgestreckten Armen, wie groß der Abstand zwischen den einzelnen Wartenden war. »So weit stehen sie auseinander.« Er schüttelte den Kopf. Im Gegensatz zu ihr machten ihn diese Veränderungen misstrauisch, nicht die Normalität. Eine Normalität, die sie wiederum irre zu machen drohte. Aber im Gegensatz zu ihr verbrachte er auch nicht seit Tagen Stunden vor viereckigen Fenstern – an ihrem Handy einerseits und am Fenster zur Straße andererseits. Stundenlang scrollte sie durch Timelines, durch Nachrichten, durch Whats-App-Gruppen und Instagram-Feeds und sah Menschen dabei zu, wie sie aufgebracht die Situation da draußen analysierten, Menschen anflehten, das Haus nicht zu verlassen – niemand schrie, aber so im Kollektiv betrachtet, fühlte es sich so an, als würden alle gemeinsam brüllen. Draußen vom Fenster aus sah sie den Menschen dabei zu, wie sie weniger wurden. Gestern Abend aber hatte sie eine Frau auf der Straße gesehen, geschminkt, frisiert, schick eingekleidet und mit Geschenktüte in der Hand. Offensichtlich auf dem Weg zu einer Feier. Nur mit Mühe hatte sie sich davon abhalten können, das Fenster aufzureißen und ihre Wut, ihre Angst, ihre Panik hinauszuschimpfen, an dieser Frau zu entladen, die einfach so mit ihrem Leben weitermachte. Jetzt aber stand sie in der Küche, schaute ihren Mann an und entspannte beim Anblick seiner Anspannung.

Spät in der Nacht, während er etwas unruhiger schlief als sonst und sie sich wie seit Tagen jeden Abend unentwegt hin und her drehte, die Augen noch blitzend vom langen Starren auf das kalte Licht ihres Bildschirms, hörte sie draußen ein Geschrei. Als sie ihre Augen öffnete, sah sie das pulsierende Blau, das ihre Wohnung durchflutete. Sie bewegte sich näher, hin zum Fenster – dorthin, wo das Blau immer greller wurde. Unten auf der Straße stand ein Krankenwagen. Auf der Trage, die gerade hineingeschoben wurde, lag ein Mann – mit Beatmungsgerät im Gesicht. Eine Frau aus dem Nachbarhaus schrie immer wieder: »Du bist schuld! Du hast alle angesteckt!«

Als der Krankenwagen mit Blaulicht und Sirenen die Straße verließ, die Nachbarin verstummte, starrte sie aus dem Fenster und lächelte.

MAX BAITINGER
Off season

LUTZ SEILER
das war der knochenpark, sagt a.

gleich nach der schule, eigentlich
an jedem stillen nachmittag
waren wir im knochenpark. klee
& sauerampfer kauten wir, ein
meinungsdeutsch der luft & saugten

lang am mark der süßen spitzen. ich
hatte noch nicht aufgeraucht
& küsste c. – es war schon spät.
alle pflanzen schlossen sich
& verdauten ihre seelen, nachts

im knochenpark. nur wir, die jüngsten
raucher vom platz der republik
zogen noch tiefer, holten luft & bliesen
bis die liebe kam. früher
lagen hier die gräber, steine

pflanzen & rabatten, nur
die knochen sind noch da. nachts
mitten im knochenpark stand rauch
im lot wie stiller liebespfeil
über den köpfen

LUKAS JÜLIGER
Unfollow

INGO SCHULZE
Return to Sender

In der Schulzeit war ich in Ina verliebt, Ina aber liebte Ingrid, was ich sehr lange nicht kapierte. Ingrid war dürr wie eine Gräte und geizig, liebte aber außer der schönen Ina noch die schöne Literatur. Gegen Ingrid war ich chancenlos. So oft ich in Dresden lese, sitzt Ingrid in der ersten Reihe. Beim letzten Treffen – ich hatte ihr mein neues Buch geschickt – beschwerte sie sich über Ina: Ina sei eifersüchtig und spioniere hinter ihr her. »Hat sie denn Grund?« Ingrid schüttelte den Kopf. »Schau sie Dir doch an!« Sie nickte in Richtung Tür. Da stand Ina, schöner denn je, und beobachtete uns.

Wochen später fand ich das von mir an Ingrid adressierte Kuvert in meinem Briefkasten. Es enthielt einen Hotelschlüssel an einem Anhänger mit eingravierter 214. »Unzureichende Frankierung!«, verkündete ein Aufkleber. Ingrid hatte nur die Adresse durchgestrichen, nicht den Absender. Die neue Anschrift war das Hotel »Zum Bären« in Dresden.

Was aber sollte denn ich mit diesem Beweisstück?

ZSUZSANNA GAHSE

Wer wen
oder: Das Leben ein Traum

Er hatte keine
Lust, mich
anzuschauen,
er blieb einfach liegen, streckte sich
und
betrachtete die eigenen Beine.
zwei Stunden vorher waren wir am Hang spazieren,
mit Blick auf
die Alpen,
ein vielleicht zu weiter Blick, der Blick in die Zukunft,
die umwerfende Ordnung der Berge hatte ihn wohl auf
fremde Gedanken gebracht.
Ja, und
von da an war er mir fremd,
sah mich nicht mehr.
Als ich mich zu ihm vorbeugte und die Arme ausstreckte,
biss er leicht zu, beinahe freundlich, dann
heftiger, als seien wir in eine Vorzeit zurückgefallen,
als könnten wir uns gegenseitig
ohne Reue auffressen,
nur hat es solche

Zeiten sicher nie gegeben.
Da sagte ich ihm, er könne gehen, und seitdem sind wir getrennt, aus ist die Geschichte.
so lange mein kleiner Hund
mich erkennt, bin ich
ich, heißt es,
weil er mich aber nicht erkennen wollte,
bin ich
nicht ich.

ARNE RAUTENBERG

beatles[2]

john lennon
john mccartney
john harrison
john starr
paul lennon
paul mccartney
paul harrison
paul starr
george lennon
george mccartney
george harrison
george starr
ringo lennon
ringo mccartney
ringo harrison
ringo starr

CHRISTINA SCHMID
Strandlektüre

Sonnendisco

Bald bin ich durch mit deinem Buch. Zwischen Seite 414
und 415 der Abdruck von Sandkörnern im Falz. Zwei Seiten
später rieseln sie mir auf den Bauch.

RIAD SATTOUF
Der Amabié erscheint in der Bretagne

Es gibt eine japanische Sage: Im Jahre 1846 erschien der Meeres-Yokai Amabié am Strand einem Beamten und sprach die freundliche Prophezeiung aus: »Wenn eines Tages eine Epidemie auftritt, zeigt den Leuten ein Bild von mir, dann sind sie gerettet!« Also, das hier ist für Euch, man weiß ja nie!

Aus dem Französischen von Joachim Kalka

Apparition d'Amabié en Bretagne

Voici une histoire populaire japonaise: en 1846 le Yokai marin Amabié apparut à un fonctionnaire sur une plage, et lui livra cette gentille prophétie: «Si un jour, une épidémie se propage, montrez aux gens un dessin de moi et ils seront sauvés!» Alors voilà pour vous, on sait jamais!

Apparition d'Amalié en Bretagne — Riad Sattouf

JOHANNA LIER
Du

Das Licht fällt durch das Fenster auf die schwarze, rechteckige Fläche. Flirrende Reflexe. Das Ding liegt auf dem hölzernen Schreibtisch. Obwohl kühl und aus Kunststoff, schmiegt es sich an meinen Körper und die Umgebung an. Koreanischer Name. Öffnungen für Kabel und Kopfhörer. Bunte Symbole. Funktionen.

Das bist du. Ich taste mich an dich heran, suche mit den Fingerspitzen die Buchstaben, um richtige Worte zu bilden, vertippe mich, weil meine Fingernägel nicht geschnitten sind und hoffe, dich nicht zu verletzen. Die Worte verrutschen.

Wir sind in Quarantäne. In meiner hübschen Wohnung. Ich. Im Aufnahme- und Registrierungscamp Moria 2.0 auf Lesbos. Du. Billige Dichotomie. Und doch. Ja! Du. In einem Zelt. Ohne Waschgelegenheit und Toilette. Ein Stück Kuchen und eine Getränkeflasche am Tag. Und doch gelingt es dir, dein Smartphone aufzuladen.

Deine Berichte zu übersetzen und zu verbreiten, ist das Einzige, was ich für dich tun kann. Das Ding auf meinem Schreibtisch vibriert. Licht flammt auf.

MATHIAS JESCHKE
Was ich derzeit träume

Es ereignet sich in übergroßen Bögen.
Die Szenarien sind weit ausufernd,
ein Hafen, die Berge, die Vergangenheit.

Eine Freundschaft, die zu Ende geht,
ein Schiff, das verbrennt, ein Skigebiet,
das ausgerechnet ich künstlich beschneie.

Ich muss vieles bewältigen, die Sache mit
der komplizierten, meterhohen Stahlseil-
Konstruktion z. B., die ich halten sollte.

Ich hatte nicht genügend Kraft und gebe zu,
all das überfordert mich. Auch verirre ich
mich ständig. Ich bin dafür nicht gemacht.

Von diesem rasselnden Biest aus einem
düsteren Bereich zwischen Insekt und Reptil
will ich da noch nicht einmal sprechen.

Vorgestern erst musste ich ein Kind retten,
es saß allein in einem Motorboot, das raste
auf die Kaimauer zu, auf der ich stand.

Wenn ich dann aufgewacht bin, habe ich
sehr große Sehnsucht danach, mich nur so
auf den Boden zu legen, ganz nah, ganz flach.

MARINA FRENK

Das Kind

Die Präsenz des eigenen Kindes hat etwas erschütternd Klares an sich. Ob alle Mütter das so empfinden?

Klar ist, dass du Ähnlichkeit mit mir hast und dann wieder nicht. Ich kann noch so sehr die Form deiner Augen oder die runden schmollenden Lippen betrachten, im Detail bist du ein von mir unabhängiger Mensch mit eigenen Gedanken und einem ganz eigenen Willen. Du gehörst mir nicht. Das Kind hat seine eigene Zeit. Zeit ist kein Besitz.

Nichts von dem, was ich mir vor deiner Geburt unter dir vorgestellt habe, hat sich erfüllt. Du bist jemand völlig anderes geworden. Ich kann nicht in deine Gedanken hineinschauen, um die Vorgänge in deinem Kopf zu erforschen und kennenzulernen. Du begreifst jeden Tag etwas Neues in Momenten, in denen ich es gar nicht bemerke, weil ich gerade abwasche oder so etwas, während du mich von außen betrachtest.

Ich hoffe, dass du nicht zu viel von dem übernimmst, was du da siehst. Jeder Mensch wird aus purer Gewohnheit ein bisschen zu seinen eigenen Eltern. Am liebsten wäre ich neutral, damit du die größtmögliche Freiheit hast, das zu sein, was du bist, das zu denken, was du willst. Aber ich bin es nicht, und sogar noch etwas mehr als das: Ich bin dir gegenüber nicht gleichgültig. Dabei ist Gleichgültigkeit eine meiner größten Schwächen.

Das Kind ist den Versuchen, keine Fehler zu machen, was das Kind anbelangt, hilflos ausgeliefert. Die Mutter kann nur alles falsch machen. Das liegt an der unerträglichen Liebe. Liebe ist auch kein Besitz. Die Mutter hasst sich dafür, und das Kind darf das auch, wenn es will, irgendwann.

ALEXANDRU BULUCZ

Selbst mit Zwiebel

Er aß, wie jeden Samstagabend, im Bahnhofsviertel. Nur dort gab es, was es in seiner Kindheit, einige Landesgrenzen weiter östlich, gegeben hat und tatsächlich nach ebenjener Kindheit schmeckte. Er tunkte Ćevapčići in Senf und gabelte selbstzerschnippelte unförmige Fritten und frischen Krautsalat in sich hinein. An diesem Samstagabend ließ er sich das, was er nicht aufgegessen hatte, mitgeben. Auf der abgepackten Speise in der weißen Tüte lag ein Einwegbesteck aus Plastik, das gar nicht nötig war. Auf dem Rückweg kaufte er sich in einem der zahlreichen türkischen Lebensmittelläden des Bahnhofsviertels ein Säckchen Zwiebel. Er aß zu fast allem Zwiebel. Manchmal als Rohkost, manchmal geschmort. Dann lief er mit Restspeise, Einwegbesteck und Säckchen Zwiebel die Tramlinie entlang in Richtung Innenstadt. Er hielt auf das Schauspielhaus zu. Je näher er ihm kam, desto deutlicher konnte er die Abendkleider und die Anzüge erkennen. Es musste jener Teil der Theatergesellschaft sein, der in der Pause nicht ans Buffet wollte und stattdessen an die frische Luft ging. Als er die Theatergesellschaft in ihrer Gelassenheit und in ihrem Gelächter schon recht deutlich auf dem Vorplatz des Schauspielhauses hören konnte, er meinte den

Namen Iwanow vernommen zu haben, glitt sein Blick nach links, in die Dunkelheit des gegenüberliegenden Parks. An dessen Rand lagen Bänke und auf einigen von ihnen ausgestreckte Gestalten. Es mussten wie fast immer Obdachlose sein, selten waren es Betrunkene. Er erinnerte sich an die Fotografien eines Künstlers, dessen Name ihm partout nicht einfallen wollte. Er wusste nur, dass die Fotografien sogenannte »Sleepers« auf den Straßen Mexico Citys dokumentierten. Schlafende, die ansonsten nicht eines Blickes würdig waren. Selten erkundigte sich einer, ob sie auf Zeit schliefen oder schon für immer. Sie wurden zum integralen Bestandteil des Stadtbildes und so selbstverständlich unsichtbar wie das Wegschauen der Städter. Er blickte kurz auf die Härchenseite seines rechten Zeigefingers. Er hielt sie in seiner Kindheit, meistens nachts, an die Nase des regungslosen Vaters, um sicherzugehen, dass er noch atmete. Ja, der Vater hatte immer geatmet, und er atmet auch heute, trotz seines Trinkens über den Durst, wie es typisch ist für einige Landesgrenzen weiter östlich. Als er seinen Blick von der Härchenseite seines Zeigefingers gen Himmel hob, hatte er plötzlich das Wort Tränendürre im Ohr. Ein Ohrwurm. Ein Augenwurm vielleicht. Seit wann weinen Menschen nicht mehr? Seit Lady Di? Ist die Träne nicht die einzige Körperflüssigkeit, die keinen Ekel erregt? Er hatte eine Lösung. Er würde sich eine Karte kaufen für die zweite Hälfte von Tschechow oder wem auch immer. Er würde Restspeise, Einwegbesteck und Säckchen Zwiebel an der Garderobe abgeben. Was sicherlich ein bisschen seltsam anmuten würde. Und lediglich eine einzige Zwiebel und das Zackenmesser aus Plastik in die Vorstellung hineinschmuggeln. Dann hoffen, irgendwo in der Mitte des Saals Platz nehmen zu dürfen. Mit Sitznachbarn links, rechts, vorn und hinten, auf halb zwei, halb fünf, halb acht und halb elf. Er würde mitten in der zweiten Hälfte von Tschechow oder wem auch immer die Zwiebel und das Zackenmesser aus Plastik auspacken. Dann anfangen, die Zwiebel zu schneiden. Das Zackenmesser aus Plastik würde effektiver sein als die schärfste Stahlklinge.

CLEMENS MEYER
Aus dem Buch der Phänomene

Dr. Güntz hielt die Phänomene, auf die er in zahlreichen Gesprächen und Sitzungen mit seinen Patienten stieß, Traumatisierten, denen er mittels der Traumtherapie seines Lehrers – und Vaters – Prof. Dr. Güntz Linderung verschaffte, in seinem Notizbuch fest:

Ein Wolf, der im Jahr 1956 im Velebit-Gebirge auf eine Antipersonenmine tritt, die aus den Neunzigerjahren desselben Jahrhunderts stammt, ein ehemaliger Tito-Partisan findet den Kadaver des Wolfes und Reste der Mine, bewahrt die ihm unbekannten blauen Plastikteile auf.

Der Film *Münchhausen* läuft im Januar des Jahres 1942 in einem Bioskop in Novi Sad, obwohl dieser UFA-Farbfilm erst im Dezember abgedreht wurde. Mehrere Personen, unter anderem der Filmvorführer, bezeugten dieses Phänomen, eine datierte, allerdings leere Filmdose, wurde aufbewahrt.

Sogenannte fotografische Flinten tauchten zu Beginn der 90er Jahre in den Zerfallskriegen Jugoslawiens auf, Sniper bannten ihre anvisierten Opfer auf Zelluloid, statt sie zu töten, der Vatikan und die UNO ermittelten in Fällen dieser Waffenverwandlungen …

Auch Dr. Güntz suchte nach rationalen Erklärungen, fand aber nur mehr Phänomene, je länger er forschte.

LEONA STAHLMANN
Hebelgesetz nach Malika

Weil die Stille nach Malika so anders klang – die Stille, nachdem Malika gegangen war und ihre lärmige Zärtlichkeit mitgenommen hatte und ihr lautloser Betrug noch überall zwischen den Fugen steckte, versuchte es Ago mit Piazzolla und ging an Donnerstagen zum Tango. Auch, weil Piazzolla die größtmögliche Entfernung zwischen Malika und Ago und von Ago zu sich selbst war.

Er saß viel und guckte viel herum, tanzte nicht und verstand die Regeln nicht, nach denen getanzt und aufgefordert wurde, also nickte er viel zustimmend in die Runde, das konnte nicht schaden.

Ein Mann baute sich vor ihm auf, an dem wirklich alles enorm viel mehr war als an Ago, selbst seine Ohrläppchen. Er zog Ago von seinem Stuhl hoch, sagte: Birger. Und schob ihn auf die Tanzfläche. Birger tanzte leicht wie eine Sommermücke und hielt Ago sicher im Arm wie ein Bär. Die Stille schnurrte im $^4/_8$-Takt auf einen kleinen roten Fleck an Birgers Hemdkragen zusammen. Man konnte, dachte Ago und starrte auf den Fleck, damit ihm von den Drehungen nicht schwindlig wurde, die Welt an jedem beliebigen Punkt aus den Angeln heben. Solange er nur fest war, wenn alles andere rotierte. Selbst an einem Tupfer Tomatensauce.

LUKAS BÄRFUSS
Hoffnung

Vor einigen Wochen, an einem düsteren Tag, als die Fallzahlen stündlich stiegen und keiner wusste, woher er die Zuversicht nehmen sollte, veröffentlichte die hiesige Kantonspolizei eine Meldung, nach der Beamte im Internet auf einen sogenannten Schutzmasken-Wucherer gestoßen seien, ein Individuum, das dieses seit geraumer Zeit bei einer breiten Kundschaft aus naheliegenden Gründen äußerst nachgefragte und deshalb kaum lieferbare Hygieneutensil zu einem exorbitanten Preis angeboten habe, worauf schnurstracks, also unverrichteter Dinge, ein Einsatzkommando unter Führung einiger Ermittler in Zivil an den Wohnort des mutmaßlichen Verbrechers ausgerückt sei und diesen nach einigen ermittlungstechnischen Täuschungsmanövern, wie etwa der vorgeschobenen Behauptung, man sei an diesen famosen Zellulosefetzen zum Preis von zweihundert Franken pro fünf Stück aufrichtig interessiert, unverzüglich festgenommen, arretiert und der weiteren strafrechtlichen Verfolgung nach allerdings unbekannten Paragraphen dem zuständigen Untersuchungsrichter zugeführt habe. Die aufmerksamen Behörden versäumten nicht, der besorgten Bevölkerung mitzuteilen, dass es sich bei diesem Delinquenten um einen Jüngling von achtzehn Jahren gehandelt habe, und es war nicht der Beweis für die Funktionstüchtigkeit unserer Polizei, der mich mit einer sehr willkommenen und beinahe unverschämten Erleichterung beschenkte, es war vielmehr die Einsicht, dass auf eine Sache, allen Krisen und einstürzenden Ordnungen zum Trotz, gewiss Verlass sein würde, auf die ewigliche und grenzenlose menschliche Dummheit nämlich.

STEFAN WEIDNER

Wiedersehen in Damaskus

Es ist wie der Tod, nur dass man noch lebt, dachte ich. Die Zeit blieb stehen. Wochenlang keine Wolke am Himmel, kein Lärm. Spaziergänge durch ausgestorbene Straßen, nachts. Ich kam mir unsichtbar vor; und doch beobachtet. Arabische Verse kehrten im Rhythmus der Schritte zurück (»Die Tage des Falken«). Da begriff ich, was mir vertraut war, und warum ich mich beobachtet fühlte: Ich war in Damaskus, endlich wieder einmal. Ich hatte vergessen, wie es sich anfühlt. Im selben Moment fiel mir ein, was zu tun war. Ich konnte aus all dem herausfinden, indem ich darin blieb. Ich rief die Freunde an, erzählte ihnen davon, erzählte es allen, damit auch sie wüssten, wo sie sich jetzt befanden. Sie schlugen sich an den Kopf! Warum sind wir nicht gleich darauf gekommen! Tags darauf luden wir uns ein, wie damals, wie nachts in Damaskus, als die Straßen verlassen waren. Sie blieben es lange Zeit. Aber es war nicht schlimm. Wir hatten uns wieder.

DAGMARA KRAUS
avenidas – avencovidas …

avenidas
avenidas y flores

flores
flores y flores

avenidas
avenidas y avenidas

avenidas y flores y avenidas y flores
sin una admiradora

Dagmara Kraus

Eugen Gomringers Gedicht *avenidas* – bekrittelt, umgeschrieben, übermalt. Überschrieben, auf ein Neues, angesichts der akuten spanischen Dimension der Corona-Krise: *avenidas, avencovidas*. – Vide, Leere, auch hier; Straßburgs Straßen wie ausgestorben, bloß Straßen, menschenleer. Als ich den Hausarrest über die Rue de Reims für die gewährte Stunde verlasse, überwältigt mich die schier apokalyptische Schönheit der menschenlosen, still vor sich hinwuchernden Natur. Es protzt die pralle Frühlingsblüte mit Magnolien, Goldflieder und Kamelienorgien. Der Todesfrühling kommt mit Blumen für seine Särge. Nur riechen kann ich sie noch nicht. Was aber, wenn all dies bald niemand mehr bewundern darf? Hier eine dunkle Vision in bunten Farben als hilflose Reaktion auf das Geschehen der Gegenwart, überköhlert und übergomringert, als Epitaph und Palimpsestchen über die Einsamkeit der Straßen und Blumen, schamlos verfertigt von einer Überlebenden, die, vorerst wohl immun, mit einem heiseren Kalauer von sich sagen darf: »veni, covidi, vici«.

ZU DEN AUTOR*INNEN

LENE ALBRECHT, geboren 1986 in Berlin, studierte Literarisches Schreiben in Leipzig und Berlin sowie Kulturwissenschaften in Frankfurt an der Oder. Sie arbeitet als freie Dozentin, Lektorin und Journalistin, u. a. für die Redaktion Radiokunst von Deutschlandfunk Kultur. Ihr Debütroman *Wir, im Fenster* erschien 2019 im Aufbau Verlag.
   Seite 20 Die Andere
   Mit Genehmigung von Lene Albrecht.

LINA ATFAH, geboren 1989 in Salamiyyah, Syrien, lebt seit 2014 in Deutschland. 2017 erhielt sie den Hertha-Koenig-Literaturpreis; 2020 gewann ihr zweisprachiger Gedichtband *Das Buch von der fehlenden Ankunft* (2019) den LiBeraturpreis. Bereits in Syrien hat die Lyrikerin Gedichte und journalistische Arbeiten veröffentlicht; in Deutschland nimmt sie nun teil am preisgekrönten Projekt »Weiter Schreiben« (www.weiterschreiben.jetzt), einem Portal für Literatur aus Kriegs- und Krisengebieten.
   Seite 23 Einsamkeit / العزلة
   Mit Genehmigung von Lina Atfah.

LUKAS BÄRFUSS, geb. 1971 in Thun in der Schweiz, lebt als Dramatiker, Romancier und Essayist in Zürich. Seine Stücke werden weltweit gespielt, seine Romane wurden in etwa zwanzig Sprachen übersetzt und erscheinen im Wallstein Verlag, dort zuletzt sein Erzählband Malinois. Lukas Bärfuss ist

Mitglied der Deutschen Akademie für Sprache und Dichtung und wurde 2019 mit dem Georg-Büchner-Preis ausgezeichnet.

Seite 87 Hoffnung
Mit Genehmigung von Lukas Bärfuss.

MAX BAITINGER, 1982 in Penzberg geboren, absolvierte eine Schreinerausbildung in Garmisch-Partenkirchen und studierte im Anschluss Illustration an der Hochschule für Grafik und Buchkunst in Leipzig. Baitinger war bereits 2016 mit *Röhner* (2016) Finalist beim Comicbuchpreis der Berthold Leibinger Stiftung. 2020 gewann er mit *Sibylla*. Er arbeitet als freischaffender Illustrator in Leipzig, vertreibt eigene Zines und Drucke seiner Arbeiten und veranstaltet mit befreundeten Kolleg*innen den »Millionaires Club«, das Leipziger Comic- und Grafik-Festival. 2020 erschien *Happy Place* im Rotopol-verlag.

Seite 59 Off season
Mit Genehmigung von Max Baitinger.

NIR BARAM, 1976 in Jerusalem geboren, ist Schriftsteller sowie Journalist und setzt sich aktiv für die Gleichberechtigung der Palästinenser und für Frieden in Israel ein. 2020 erschien im Carl Hanser Verlag sein Roman *Erwachen*. Nir Baram lebt in Tel Aviv.

Seite 45 Ohne Titel
Mit Genehmigung von Nir Baram.

PRIYA BASIL, geboren 1977 in London, ist eine britisch-indische Schriftstellerin. Sie wuchs in Kenia auf, studierte in Großbritannien und lebt heute in Berlin. Ihre Romane wurden für zahlreiche Preise nominiert. Ihr Essay *Gastfreundschaft* erschien 2019 im Suhrkamp Verlag, ins Deutsche übertragen wurde er von Beatrice Faßbender. 2021 folgte *Im Wir und Jetzt – Feministin werden.*

Seite 27 Ein »giftiges« Geschenk / In Present Times
Mit Genehmigung von Priya Basil.

JULIA BERNHARD, geboren 1992 in Aschaffenburg, studierte an der Hochschule Mainz Grafikdesign und Illustration. Ihre Illustrationen wurden bereits im *New Yorker*, im *Narrative Magazine* und in der Büchergilde Gutenberg veröffentlicht. Sie lebt und arbeitet in Berlin und ist Gründungsmitglied des »Crash Club Collective«. 2020 erhielt sie den Max & Moritz Preis für das beste deutschsprachige Comic-Debüt. Im Sommer 2019 erschien *Wie gut, dass wir darüber geredet haben* im avant-verlag.

Seite 48 Business as usual
Seite 50 Moment des Exits
Mit Genehmigung von Julia Bernhard.

BOV BJERG, 1965 geboren, ist Schriftsteller und Vorleser. Drei Romane: *Deadline* (2008; neu herausgegeben 2021), *Auerhaus* (2015), *Serpentinen* (2020). Ein Geschichtenband: *Die Modernisierung meiner Mutter* (2016).

Seite 52 Nähen
Mit Genehmigung von Bov Bjerg.

ALEXANDRU BULUCZ, geboren 1987 im rumänischen Alba Iulia, studierte Germanistik sowie Komparatistik in Frankfurt am Main und lebt in Berlin. Er ist Lyriker, Herausgeber,

Übersetzer und Kritiker. Für Gedichte, die er in *was Petersilie über die Seele weiß* 2020 bei Schöffling veröffentlichte, erhielt er 2019 den Wolfgang-Weyrauch-Förderpreis.

Seite 81 Selbst mit Zwiebel
Mit Genehmigung von Alexandru Bulucz.

BEA DAVIES, 1990 in Acquapendente, Italien, geboren, studiert an der Weißensee Kunsthochschule Berlin und ist ehrenamtlich in der Obdachlosenhilfe engagiert. Ihre zusammen mit Patrick Spät veröffentlichte erste Graphic Novel *Der König der Vagabunden – Gregor Gog und seine Bruderschaft* (2019) war beim Comicbuchpreis 2019 der Berthold Leibinger Stiftung unter den Finalisten.

Seite 36 Indoor Jungle
Seite 40 Exit
Mit Genehmigung von Bea Davies.

MARINA FRENK wurde 1986 in Moldawien geboren und lebt seit 1993 in Deutschland. Sie ist Schauspielerin und Musikerin. 2016 erhielt sie zusammen mit Sibylle Berg den 65. Hörspielpreis der Kriegsblinden für *Und jetzt: die Welt!* (2015). Ihr Hörspiel *Jenseits der Kastanien* (2016) wurde mit dem Europäischen CIVIS Radiopreis 2017 ausgezeichnet. Ihren ersten Roman *ewig her und gar nicht wahr* veröffentlichte sie 2020 im Verlag Klaus Wagenbach.

Seite 79 Das Kind
Mit Genehmigung von Marina Frenk.

ZSUZSANNA GAHSE ist eine österreichisch deutsche schweizerische Autorin, geboren 1946 in Budapest. Ihre literarische Arbeit bewegt sich zwischen Prosa und Lyrik und zwischen erzählerischen und szenischen Texten. Es liegen von ihr mehr als dreißig Buchpublikationen vor, zuletzt *Schon bald* (2019, Edition Korrespondenzen) und im selben Verlag *Bergisch teils farblos* (2021), sowie *Andererseits*, die Salzburger Vorlesungen (2020) im Verlag Sonderzahl. 2019 hat sie den Schweizer Grand Prix Literatur erhalten.

Seite 69 Wer wen oder: Das Leben ein Traum
Mit Genehmigung von Zsuzsanna Gahse.

KÜBRA GÜMÜŞAY, geboren 1988 in Hamburg, ist Journalistin und politische Aktivistin, war Kolumnistin der *taz* und wurde für ihren Blog »Ein Fremdwörterbuch« 2011 für den Grimme Online Award nominiert. 2020 erschien ihr Buch *Sprache und Sein* im Carl Hanser Verlag.

Seite 55 Das Lächeln
Mit Genehmigung von Kübra Gümüşay.

KATHARINA HAGENA wurde 1967 in Karlsruhe geboren und lebt in Hamburg. Sie schrieb die Romane *Der Geschmack von Apfelkernen* (2008), *Vom Schlafen und Verschwinden* (2012) und *Das Geräusch des Lichts* (2016). Im Frühjahr 2020 erschien ihr Buch *Mein Spiekeroog* bei mare.

Seite 44 Luft
Mit Genehmigung von Katharina Hagena.

MATHIAS JESCHKE, geboren 1963 in Lüneburg, lebt in Stuttgart. Er hat Theologie studiert und arbeitet als Verlagslektor. Jeschke schreibt Lyrik sowie Literatur für Kinder. Zuletzt erschienen die Gedichtbände *Ich bin der Wal deiner Träume* (2019, Limbus) und für Kinder *Knackwurst und Rakete* (2021, Fischer Sauerländer).

Seite 77 Was ich derzeit träume
Mit Genehmigung von Mathias Jeschke.

LUKAS JÜLIGER, geboren 1988 in Bad Neuenahr, Rheinland-Pfalz, studierte Illustration an der Hochschule für Angewandte Wissenschaften in Hamburg und am ENSAD in Paris. 2013 debütierte er mit der Coming-of-Age-Erzählung *Vakuum*. 2018 erschien *Berenice*, eine Edgar-Allan-Poe-Adaption im modernen Gewand. Mit *Unfollow* legte Lukas Jüliger im Juni 2020 seine bislang umfangreichste Graphic Novel bei Reprodukt vor.

Seite 65 Unfollow
Mit Genehmigung von Lukas Jüliger.

ABBAS KHIDER, 1973 in Bagdad, Irak, geboren, floh 1996 und lebt seit 2000 in Deutschland. Er studierte Literatur und Philosophie in München und Potsdam und debütierte 2008 mit seinem Roman *Der falsche Inder*. Vielfach ausgezeichnet für sein Werk, gehört er mit seinen Texten heute zu den bedeutendsten deutschsprachigen Autor*innen der Gegenwart. Im Februar 2020 erschien sein Buch *Palast der Miserablen* im Carl Hanser Verlag.

Seite 10 Türen
Mit Genehmigung von Abbas Khider.

KATHRIN KLINGNER, geboren 1979 im Odenwald, studierte Kunst an der Gerrit Rietveld Academie in Amsterdam und Illustration in Hamburg, wo sie immer noch lebt und arbeitet. 2018 war sie Finalistin für den Comicbuchpreis der Berthold Leibinger Stiftung. Bei Reprodukt erschienen von ihr *Katze hasst Welt* (2016) und *Über Spanien lacht die Sonne* (2020).

Seite 13 Im Wald
Seite 16 2021
Mit Genehmigung von Kathrin Klingner.

DAGMARA KRAUS, geboren 1981 in Wrocław, Polen, lebt als Autorin und Übersetzerin in Straßburg. 2012 erschien ihr Debüt *kummerang* im kookbooks Verlag, 2018 erhielt sie den Basler Lyrikpreis. Zuletzt veröffentlichte sie den Lyrikband *liedvoll, deutschyzno* (2020) bei kookbooks.

Seite 90 avenidas – avencovidas ...
Mit Genehmigung von Dagmara Kraus.

AMANDA LASKER-BERLIN, geboren 1994 in Essen, inszenierte mit 18 Jahren ihr erstes Theaterstück. Ihr erster Roman *Elijas Lied* wurde mit dem Debütpreis der lit.COLOGNE 2020 ausgezeichnet. Für den Theatertext *Ich, Wunderwerk und How Much I love Disturbing Content* erhielt sie den Preis der Autorentheatertage 2021. Ihr zweiter Roman *Iva atmet* erschien im Frühjahr 2021 (wie ihr erster Roman in der Frankfurter Verlagsanstalt).

Seite 21 Von Bukarest
Mit Genehmigung von Amanda Lasker-Berlin.

JOHANNA LIER, geboren 1962, lebt in Zürich, studierte Schauspiel in Bern und absolvierte einen Master of Fine Arts in Zürich. Sie lebt als Dichterin und freie Journalistin in Zürich, unterrichtet kreatives Schreiben an der Kunsthochschule Luzern und ist im JULL (Junges Literaturlabor) literarisch unterwegs. 2019 veröffentlichte sie im Verlag Die Brotsuppe ihren Roman *Wie die Milch aus dem Schaf kommt.*
   Seite 76 Du
   Mit Genehmigung von Johanna Lier.

CLEMENS MEYER, geboren 1977 in Halle an der Saale, lebt in Leipzig. 2006 erschien sein Debütroman *Als wir träumten*, es folgten u. a. *Die Nacht, die Lichter. Stories* (2008), der Roman *Im Stein* (2013) sowie die Erzählung *Nacht im Bioskop* (2020, Faber & Faber). Für sein Werk wurde Clemens Meyer vielfach ausgezeichnet, u. a. mit dem Preis der Leipziger Buchmesse und dem Bremer Literaturpreis.
   Seite 84 Aus dem Buch der Phänomene
   Mit Genehmigung von Clemens Meyer.

JOSÉ F. A. OLIVER, geboren 1961 in Hausach (Schwarzwald), andalusischer Herkunft. Lyriker, Essayist und Übersetzer. Ausgezeichnet u. a. mit dem Adelbert-von-Chamisso-Preis (1997), dem Kulturpreis des Landes Baden-Württemberg (2007) und dem Basler Lyrikpreis (2012). Sein Werk ist im Suhrkamp Verlag und bei Matthes & Seitz verlegt. Jüngste Publikation (gemeinsam mit Mikael Vogel): *Zum Bleiben, wie zum Wandern – Hölderlin, theurer Freund. 20 Gedichte und ein verzweifeltes Lied* (2020, Schiler & Mücke). José Oliver ist

Kurator des von ihm initiierten Literaturfestivals Hausacher LeseLenz. (www.oliverjose.com).

Seite 53 Hertha.
Mit Genehmigung von José F. A. Oliver.

MARTIN PIEKAR, geboren 1990, war Lyrikpreisträger beim 20. Open Mike. 2018 erhielt er den Jurypreis des Irseer Pegasus. Derzeit arbeitet er an seinem dritten Gedichtband *livestream & schizofrenia – ein spazier* sowie an seinem Romanprojekt *Vom Fällen eines Stammbaums*. 2018 erschien sein Gedichtband *AmokPerVers* im Verlagshaus Berlin.

Seite 9 Draußen vor dem Fenster
Mit Genehmigung von Martin Piekar.

KERSTIN PREIWUß, geboren 1980 in Lübz, Mecklenburg, lebt in Leipzig. Ihr zweiter Gedichtband *Rede* (2012) wurde von der Deutschen Akademie für Sprache und Dichtung in die Liste der Lyrikempfehlungen des Jahres aufgenommen. Für ihren 2020 im Piper Verlag erschienenen Band *Taupunkt* erhielt sie den Lyrikpreis Meran.

Seite 11 Screenshot
Mit Genehmigung von Kerstin Preiwuß.

LEIF RANDT, geboren 1983 in Frankfurt am Main, schreibt vorwiegend Prosa. Bereits erschienen sind die Utopien *Planet Magnon* (2015), *Schimmernder Dunst über CobyCounty* (2011) und der London-Roman *Leuchtspielhaus* (2009). Seit 2017 co-kuratiert er das PDF-und Video-Label tegelmedia.net. Im

März 2020 erschien sein Liebesroman *Allegro Pastell* bei Kiepenheuer & Witsch.
 Seite 34 Chatten und spazieren gehen
 Mit Genehmigung von Leif Randt. – Foto: © Simon Vu

ARNE RAUTENBERG, geboren 1967 in Kiel, lebt dort als freier Schriftsteller und Künstler. Sein literarisches Hauptbetätigungsfeld ist die Lyrik. Viele seiner Gedichte sind in Schulbücher aufgenommen worden. 2021 erschein sein Gedichtband *betrunkene wälder* im Verlag Das Wunderhorn.
 Seite 71 beatles²
 Mit Genehmigung von Arne Rautenberg.

RIAD SATTOUF, geboren 1978 in Paris, ist Comic-Zeichner und Filmemacher. Aufgewachsen in Libyen und Syrien, kehrte er mit 13 Jahren nach Frankreich zurück. Er studierte Animation und wurde bald zu einem der bekanntesten zeitgenössischen Comic-Künstler. Seine Graphic Novel *Der Araber von morgen* erschien 2015 im Albrecht Knaus Verlag.
 Seite 74 Der Amabié erscheint in der Bretagne /
 Apparition d'Amabié en Bretagne
 Mit Genehmigung von Riad Sattouf.

CHRISTINA SCHMID, geboren 1985, lebt als freie Gestalterin, Künstlerin und Autorin in Stuttgart. Im Zusammenspiel von Inhalt und Form erschafft sie eigensinnige Bücher, wie das interaktive Geometriebuch für Kinder *Vom Punkt zur Kugel und zurück* (2014), *Oma Heidi – Kochbiografie in Gesprächen*

(2015) und *Treppauf – Treppab | Stuttgarter Stufennotizen* (2019), die von der Stiftung Buchkunst als Schönste Deutsche Bücher ausgezeichnet wurden. Seit 2017 ist sie Mitherausgeberin bei Prima.Publikationen.
Seite 72 Strandlektüre
Mit Genehmigung von Christina Schmid.

INGO SCHULZE, 1962 in Dresden geboren, lebt heute in Berlin. Schon *33 Augenblicke des Glücks* (1995) und *Simple Storys* (1998) wurden spektakuläre Erfolge; es folgten zahlreiche weitere Bücher. 2017 erschien sein Roman *Peter Holtz. Sein glückliches Leben erzählt von ihm selbst.* In seinem neuen Roman *Die rechtschaffenen Mörder* (2020, S. Fischer Verlag) erzählt er von unserem Land in diesen Tagen.
Seite 68 Return to Sender
Mit Genehmigung von Ingo Schulze.

MARINA SCHWABE, geboren 1987 in Berlin, studierte unter anderem am Literaturinstitut Hildesheim, übernahm dort die Künstlerische Leitung des Literatur-Festivals Prosanova 17. Rühmliches bisher: Shortlist des Literaturpreis Prenzlauer Berg 2017 und des open mike 2018, Weltenschreiber Stipendium der Robert Bosch Stiftung. Arbeitet am ersten Roman.
Seite 26 Rausfahren
Mit Genehmigung von Marina Schwabe.

LUTZ SEILER wurde 1963 in Gera geboren; heute lebt er in Wilhelmshorst bei Berlin und in Stockholm. Veröffentlichung von Gedichtbänden, Erzählungen und Essays. 2014 erhielt er für seinen Roman *Kruso* den Deutschen Buchpreis, 2020 für den Roman *Stern 111* den Preis der Leipziger Buchmesse. Sein Gedicht ist Teil seines Bandes *schrift für blinde riesen*, der 2021 im Suhrkamp Verlag erschien.

Seite 64 das war der knochenpark, sagt a.
Mit Genehmigung von Lutz Seiler.

LEONA STAHLMANN wurde 1988 in Hessen geboren. Studium der Europäischen Literatur und der Buchwissenschaft bis zum Master in Mainz. Stationen als Literaturagentin, Lektorin und Werbetexterin. Heute lebt sie als freie Schriftstellerin, Drehbuchautorin, Journalistin und Dozentin in Hamburg. 2020 veröffentlichte sie bei Kein & Aber ihren Roman *Der Defekt*.

Seite 85 Hebelgesetz nach Malika
Mit Genehmigung von Leona Stahlmann.

STEFAN WEIDNER, geboren 1967 in Köln, studierte Islamwissenschaften, Germanistik und Philosophie in Göttingen, Damaskus, Berkeley und Bonn. Er arbeitet als Autor, Übersetzer, Literaturkritiker und hat zahlreiche Lyriker aus dem Arabischen übersetzt. Weidner öffnet in Essays und Portraits den Blick für die Komplexität des islamisch geprägten Literatur-, Sprach- und Kulturraums. 2019 erschien bei Edition Converso *1001 Buch. Die Literaturen des Orients.*

Seite 89 Wiedersehen in Damaskus
Mit Genehmigung von Stefan Weidner.